KB185706

생일엔 마라탕

글 류미정

'어린이 책 작가 교실'에서 동화를 배우고, 2015년 마로니에 전국 여성 백일장을 통해 등단했습니다. 아이들에게 꿈을 심어 줄 수 있는 아름다운 이야기를 전하고 싶다는 소망으로 글을 씁니다. 지은 책으로는 「생일엔 마라탕」 시리즈와 「천만 유튜버 쌍둥이 루지」 시리즈를 비롯해 『우주의 첫사랑』, 『어쩌다 알바 인생』, 『전설의 음치 마이크』 등 20여 권이 있습니다. lgyldylsy0518@daum.net

그림 손수정

대학에서 만화를 전공한 후 일러스트와 만화를 그리고 있습니다. 한때 그림을 가르치며 만났던 개성 넘치는 아이들을 떠올리며 캐릭터를 만듭니다. 앞으로도 따뜻한 시선으로 아이들을 그림에 담고 싶습니다. 그린 책으로는 『안녕, 나의 사춘기』, 『열두 살 경제학교』 『안녕! 팔조로3길』 등이 있습니다.

생일엔 마라탕

👅 2% 부족한 마마의 마라탕

초판 1쇄 발행 2025년 2월 27일

글 류미정 | **그림** 손수정

펴낸이 도승철 | **펴낸곳** 밝은미래 | **등록** 2005년 5월 2일 (제105-14-87935호)
주소 경기도 파주시 회동길 349 3층 | **전화** 031-955-9550 | **팩스** 031-955-9555
홈페이지 http://www.bmirae.com | **인스타그램** @balgeunmirae1
편집 송재우 | **디자인** 권영진 | **마케팅** 김경훈 | **경영지원** 강정희

ISBN 978-89-6546-725-0 73810

※ 공통안전기준 표시사항 ① 품명 : 도서 ② 제조자명 : 밝은미래 ③ 주소 : 경기도 파주시 회동길 349
④ 연락처 : 031-955-9550 ⑤ 최초 제조년월 : 2025년 2월 ⑥ 제조국 : 대한민국 ⑦ 사용연령 : 7세 이상

생일엔 마라탕

4 2% 부족한 마마의 마라탕

글 류미정 ✦ 그림 손수정

밝은미래

"혼자는 외로워! 생일날 혼자는 더 외로워!"

마마는 노래를 부르다 멈췄다. 금방이라도 잡을 것만 같았던 트로피가 멀어졌다. 거울에 비친 마마 얼굴 근육이 울퉁불퉁 튀어나올 것처럼 움직였다.

"모모! 용서하지 않겠어."

마마는 신경질적으로 머리에 꽂힌 티아라 왕관을 뺐다. 귀걸이와 목걸이까지 모두 뺐다. 그러자 팽팽하게 터질 것만 같던 마마 얼굴에 자글자글 주름이 생겼다.

마마를 비추던 거울이 까맣게 변했다.

마마는 땀방울이 모아진 유리 진열장으로 갔다.

다현이의 빨간색 땀방울, 동준이의 주황색 땀방울, 예솔의 노랑색 땀방울, 은제의 초록색 땀방울, 인호의 파랑색 땀방울이 영롱하게 반짝이고 있었다. 단 하나만 빼고. 연지의 땀방울만 찬란의 빛을 잃었다. 연지 땀방울이 남색 빛을 잃지 않았다면 하나만 더 모으면 되는 거였다.

"응원은 못해 줄망정 방해는 하지 말아야지!"

마마는 모모의 마법이 거슬렸다. 때로는 자신보다 월등한 마법을 자랑하는 모모였다.

마마는 가게를 둘러보았다.

힘들게 준비했다.

갓 오디션을 위해서 마마는 혼신의 힘을 기울였다.

마마는 다시 마음을 다잡았다. 이제 두 개만 모으면 갓 오디션 트로피를 쥘 수 있을 테니까.

다시 목에 목걸이를 걸고, 귀에 귀걸이를 걸고, 머리에 왕관까지 썼다. 그러자 마마 얼굴에 금세 살이 오르면서 윤기가 자르르 흘렀다.

"매운 맛! 알싸한 맛! 마라탕 한 그릇 어때요?"

사포 긁는 듯한 노래가 마라탕 가게에 울려 퍼졌다.

이야기
하나

허생이 장사하면서
즐겨 먹었던 분모자

책가방에 넣어 둔 열쇠가 보이지 않는다. 열쇠가 없으면 집에 들어갈 수가 없다.

'우리도 남들처럼 비밀번호 누르는 도어락으로 바꾸자니까.'

승빈이는 투덜대며 책가방을 뒤집어 흔들었다. 책과 함께 열쇠가 쨍그랑 소리를 내며 떨어졌다. 열쇠를 주워 현관문을 열었다. 탁하면서도 꿉꿉한 냄새가 승빈이를 향해 밀려왔다. 반지하라서 맡을 수 있는 냄새다.

승빈이는 떨어진 책을 책가방 속에 아무렇게나 쑤셔 넣고 집으로 들어갔다.

햇빛이 반만 들어오는 반지하. 오늘은 흐려서 해도 없다. 불을 켰다. 형광등이 깜빡이다 탁 켜졌다.

가방을 던져 놓고 냉장고 문을 열었다. 먹을 게 마땅치 않다. 어제 엄마가 일하는 식당에서 가져온 반찬이 검은 봉지를 벗지 못하고 냉장고 안에 들어 있다.

"아, 짜증나!"

요즘은 그냥 모든 것이 짜증났다. 학교에서도 집에서도 모든 것이. 승빈이를 둘러싼 모든 것이 승빈이를 놀리려는 듯, 제대로 되는 일이 하나도 없었다.

오늘 학교에서도 그랬다.

종근이가 최신형 스마트폰을 가지고 와서 자랑했다. 텔레비전 광고로만 보던 스마트폰이다. 너무 궁금해서 종근이한테 한 번만 보자고 했다. 그런데 종근이는 싫다며 승빈이에게 한마디했다.

"싫어. 거지가 만지면 고장 날 지도 몰라."

"내가 왜 거지야?"

승빈이는 버럭하며 종근이 어깨를 밀쳤다. 그러는 바람에 종근이 최신 스마트폰이 바닥에 떨어졌다.

"야!"

승빈이도 너무 놀랐다. 종근이는 스마트폰을 주워서

요리조리 살폈다. 승빈이는 떨리는 손을 움켜쥐며 쳐다봤다. 혹시라도 스마트폰이 깨지기라도 하면…….

식당에서 설거지하는 엄마 얼굴이 떠오르고, 트럭으로 전국 배달을 다니는 아빠 얼굴도 떠올랐다. 승빈이는 숨을 죽이며 종근이 눈치를 살폈다.

"역시 울트라 스마트폰이야. 바닥에 떨어지고도 멀쩡하네! 봐, 봐."

종근이가 친구들에게 자랑하는 소리에 승빈이는 가슴을 쓸어내렸다. 다행이다. 하지만 승빈이는 수업 시간 내내 종근이 눈치를 봐야 했다. 혹시라도 종근이 마음이 바뀌어서 어떤 트집을 잡을지 모르니까.

승빈이는 어두운 방 안에 놓인 컴퓨터를 켰다. 인터넷도 엄청 느리다. 용돈만 넉넉하다면 피시방에 가고 싶었다. 하지만 승빈이에겐 피시방에 갈 돈조차 사치다.

"아이 씨, 짜증 나!"

욕이 절로 나왔다. 승빈이는 주먹을 쾅쾅 치면서 느려 터진 컴퓨터에게 겁을 주었다. 게임 사이트가 겨우

열렸지만, 승빈이는 게임 할 맛이 안 났다. 같이 시작했던 종근이는 만렙 고수가 되어서 게임 사이트에서 왕 노릇을 하고 있었다. 현질을 하지 않은 승빈이는 여전히 낮은 레벨의 하수다.

"돈이 없으니 게임에서도 찌질이잖아."

승빈이는 신경질적으로 컴퓨터를 껐다.

2

　어젯밤에 잠을 설쳤다. 자고 있는 승빈이 방에 아빠가 들어오는 것을 느꼈다. 꿈인지 생신지 헷갈리는 상태에서 다시 잠이 들었다.

　'아빠가 새벽에 온 것 같은데……'

　지방 배달이 많은 아빠는 얼굴 보기 힘들다. 회사에 다닐 때는 매일 저녁을 함께 먹었는데, 이제는 그럴 수 없다. 회사가 어려워지자 아빠는 회사를 그만두었다. 그러고는 트럭으로 전국을 다니고 있다.

　잠을 깨기 위해 기지개를 켜면서 방을 나왔다.

　"승빈아, 생일 축하해!"

　어제 잠결에 본 아빠는 꿈이 아니라 생시였다.

　"아빠가 승빈이 생일 축하해 주려고 새벽에 잠도 안

자고 오셨어.”

엄마가 앞치마에 손을 닦으며 말했다.

“아.”

‘고맙습니다.’라고 해야 한다는 건 알지만, 마음에 없는 말을 입 밖으로 꺼내는 건 쉽지 않다. 수염은 깎지 않아 지저분했고, 머리도 언제 감았는지 머리카락이 떡진 아빠 모습에 승빈이는 자신도 모르게 한숨만 나왔다.

“승빈아, 얼른 앉아. 엄마가 어제 식당에서 갈비찜 챙겨 왔어. 우리 승빈이 생일이라고 하니까, 사장님이 반값에 듬뿍 주셨어.”

엄마는 활짝 웃으며 얘기했지만 승빈이는 기분이 별로였다.

‘야, 너는 생파 안 하냐?’

며칠 전 우석이가 내 생일인 걸 알고 물었었다. 대답하지 않았다. 그때 종근이가 비아냥대며 말했다.

“거지가 무슨 생파야? 안 그래?”

“촌스럽게 무슨 생파야? 생일에는 가족과 보내야지. 이번 생일에 풀 빌라 가기로 했어.”

승빈이 머릿속에서 어떻게 이런 거짓말이 만들어졌는지, 자신이 말해 놓고도 깜짝 놀랐다.

"풋! 풀 빌라? 풀숲에 가는 건 아니고? 프하하하."

종근이가 계속 놀렸다. 승빈이는 더 이상 말하지 않았다. 종근이가 그러는 데는 다 이유가 있다.

종근이 생일은 승빈이보다 한 달 빠르다. 한 달 전 종근이는 커다란 마라탕 가게를 빌려서 생일 파티를 했다. 종근이는 같은 반 남학생들을 거의 다 불렀다. 승빈이도 초대받아서 종근이 생일 선물로 문방구에서 삼천 원짜리 샤프를 샀다. 승빈이 일주일치 용돈이었다.

그날 처음 마라탕을 먹게 된 승빈이는 마라탕 재료들이 뷔페 음식 같은 건 줄 알고 막 담았다. 어차피 같은 돈이면 많이 먹어야 남는 것이 뷔페니까. 승빈이는 이모 결혼식에서 뷔페를 먹어 본 적이 있다. 그때 엄마는 배가 불러도 이럴 때 아니면 입 호강을 언제 해 보겠냐며 모든 음식을 다 담아서 맛보게 했었다.

그런 마음으로 열심히 마라탕 재료를 담아서 그릇을 내밀었다.

"삼만 이천 원입니다."

종근이를 비롯해 모든 아이들이 승빈이를 쳐다봤다. 그릇에 넘칠 듯 담긴 재료를 보고 자기들끼리 수군거렸다. 거기에다가 승빈이 혼자 샤프를 사 가지고 왔다. 다른 아이들은 기본 만 원, 많게는 삼만 원짜리 문화상품권을 주었다. 게임 현질에 문상만큼 좋은 것도 없다. 승빈이도 알고 있지만, 문상은 오천 원짜리부터 있기에 살 수 없었다. 그 다음 날부터 종근이는 승빈이를 보고 거지라고 놀려댔다.

"승빈아, 무슨 생각해? 얼른 촛불 꺼야지."

아빠가 승빈이 어깨를 살짝 치며 말했다. 얼떨결에 승빈이는 촛불을 껐다.

"승빈아, 소원 빌었어?"

엄마가 케이크에서 초를 빼내며 물었다.

"소원은 무슨? '부자가 되게 해 주세요!' 라고 말하면 들어주기는 한대?"

승빈이는 비꼬듯 말했다. 엄마 표정이 일그러졌다.

엄마가 한마디하려는데, 아빠가 말렸다.

"승빈이 생일을 위해서 아빠가 준비한 게 있지."

아빠가 승빈이에게 봉투를 내밀었다. 순간 승빈이는 용돈일거라 생각했다. 봉투에 담을 수 있는 건 지폐뿐이니까. 게임 캐릭터 레벨 업이 떠올랐다.

"고맙습니다."

승빈이 입에서 드디어 감사 인사가 나왔다. 승빈이 입꼬리가 절로 올라갔다. 상했던 마음이 보들보들해졌다. 승빈이는 봉투를 곧장 열었다. 하지만 그 속에는 승빈이가 생각했던 것이 들어 있지 않았다.

"아빠가 승빈이를 위해서 틈틈이 적었어."

"뭐? 편지?"

승빈이도 모르게 목소리가 높아졌다.

"몇 년 만에 쓰는 편지라 앞뒤가 맞을런지 모르겠다. 그래도 아빠 마음을 담아서……."

"왜 썼어요? 그냥 쓰지 말지 그랬어요. 이딴 편지는 필요 없다고요!"

승빈이는 편지를 식탁에 내던졌다.

"남승빈! 너, 너 이게 무슨 짓이야?"

엄마의 날카로운 고함 소리가 들렸다. 승빈이는 모든 것이 싫었다. 짜증났다. 생일이라고 해서 특별한 것이 하나도 없다.

능력 없는 부모 밑에 태어난 자신이 한없이 불쌍하게 느껴졌다.

3

밖으로 뛰쳐나온 승빈이는 갈 곳이 없었다. 그렇다
고 동네를 어슬렁거릴 수도 없다. 혹시라도 종근이나 친
구들을 만나면, 생일날 가족이랑 풀 빌라 간다고 거짓
말한 걸 들키고 말거다.

승빈이는 배가 고팠다. 엄마 아빠한테 심하게 말한
것도 걸렸다. 그러면 안 된다는 걸 알면서도 불쑥불쑥
튀어 나왔다.

엄마가 반값에 싸 온 갈비찜이 생각났다. 아빠는 승
빈이가 좋아하는 초콜릿 케이크를 사 가지고 왔다. 음식
생각만 해도 침이 고였다. 뱃속 장기들이 미친 듯이 소
리를 냈다.

"꼬르르륵!"

집에 들어가서 잘못했다고 빌어야겠다. 설마 생일인데 많이 혼내지는 않겠지. 그렇게 골목을 꺾어 돌아가려는데, 처음 본 가게가 눈에 들어왔다. 그런데 하필이면 마라탕 가게다.

승빈이는 종근이 생일 이후로 마라탕의 '마'자도 듣기 싫었다. 쳐다보기도 싫어서 눈을 감고 돌아서는데, 자꾸만 마라탕 가게가 승빈이의 눈앞에 어른거렸다. 승빈이는 뒤돌았다.

"생일엔 마라탕? 생일에만 먹는 마라탕인가?"

돈도 없으면서 승빈이는 마라탕 가게로 자석에 끌리듯 들어갔다.

가게 안은 텅 비어 있었다. 손님이 없는 것은 둘째 치고, 테이블과 의자도 한 개씩뿐이었다. 다만 마라탕 재료는 엄청 많았다. 방금 채워 넣기라도 한 듯, 다양한 재료가 푸짐하게 담겨 있었다. 얼마나 손님이 없으면 재료가 그대로일까 싶었다.

'여기 가게도 조만간 문 닫겠네.'

남 걱정할 때가 아닌걸 알면서도 승빈이는 **생일엔 마**

라탕 가게 걱정을 하고 있었다. 배가 얼마나 고픈지 배가 아플 지경이다.

승빈이는 주머니를 뒤적였다. 천 원짜리 지폐 두 장이 들어 있었다. 승빈이는 재료 그릇에 이천 원어치 재료를 담아 보기로 했다. 건더기 대신 국물로 배를 채울 생각이었다.

승빈이는 재료 그릇을 꺼내어 최대한 무게가 나가지 않는 재료를 하나씩 담았다. 청경채나 배추는 야채지만 무게가 많이 나갈 것 같았다. 그래서 당면이나 건두부를 담다가 건두부는 보기보다 무게가 나갈 것 같아서 뺐다. 집게로 집어서 대충 무게를 가늠해 보면서 담았다.

"생일엔 공짜야. 눈치 보지 말고 마음껏 담아."

뒤에서 들려오는 소리에 승빈이는 깜짝 놀랐다. 무엇보다 마라탕이 공짜라니!

아빠가 늘 말했다. 세상에 공짜는 없다고! 땀 흘린 만큼 보답을 받는다고 했다. 하지만 승빈이는 그 말을 싫어했다. 승빈이 엄마 아빠는 누구보다 부지런하고 열심히 사는데도 보답이 없었으니까.

"정말로 공짜 맞아요?"

괜히 얕잡아 보일까 봐 목에 힘을 주고 물었다.

"당연히 공짜지. 여기는 생일에만 보이는 단 하나뿐인 마라탕 가게니까."

"생일에만 보인다고요?"

그렇게 말한 승빈이는 자신이 오늘 생일임을 다시금 깨달았다.

'그래서 내 눈에만 보였다고?'

어제까지 보이지 않았던 마라탕 가게다. 어쩌면 승빈이가 스쳐 지나갔을지도 모른다. 하지만 승빈이는 생일에만 보인다는 말을 믿고 싶었다. 아니 공짜라는 말을 믿고 싶었다.

"나는 마라탕 가게 주인, 마마라고 해. 마법의 마라탕. 앞 글자를 따서 마마라고 하지. 이곳에 찾아온 손님에게는 마라탕이 공짜야! 거기에 덤으로 소원까지 이뤄 주고 있지."

"소원이요? 소원을 들어준다고요?"

솔직히 승빈이는 소원까지 필요 없었다. 당장에 배불리 마라탕만 공짜로 먹어도 좋겠다고 생각했다. 정말 공짜인지 묻고 또 묻기를 반복하다, 재료를 하나씩 담기 시작했다.

재료 그릇을 푸짐하게 담은 후, 승빈이는 그릇을 마마한테 내밀었다.

"이제 소원을 말해 봐!"

마라탕만 먹어도 되는데, 계속 소원 타령이다. 소원

을 말하면서 부모님 속을 상하게 했다.

"정말로 소원을 들어주나요?"

"이렇게 의심이 많아서야! 쯧쯧! 속고만 살았니?"

승빈이는 속고만 산 것이 아니라 남을 속이고 살았다. 가난하고 찌질한 것을 들키기 싫어서 거짓말을 했다. 그렇기에 승빈이는 다른 사람 말도 잘 믿지 못한다. 밑져야 본전이라는 생각에 승빈이는 소원을 말했다.

"부자가 되고 싶어요. 아니 부자 엄마 아빠를 갖고 싶어요."

"의심은 많으면서 소원은 기똥차네."

마마는 승빈이 소원에 조그맣게 혼잣말로 구시렁거리고는 승빈이를 향해 활짝 웃으며 말했다.

"이제껏 부모를 바꿔 달라는 소원은 처음인데? 좋아. 부자 부모 소원을 들어주지."

마마는 재료 바 한쪽을 가리고 있던 분홍색 커튼을 열었다. 그곳에는 소원 재료가 있었다. 승빈이가 몸을 숙여 보려는데, 마마가 재빨리 커튼을 다시 쳤다. 마마 손에는 분모자가 쥐여져 있었다.

"너를 위한 소원 재료야. 바로 허생이 즐겨 먹던 분모자지."

"허생이요?"

"허생 몰라? 참, 시간도 없는데······. 그래도 이 특별한 분모자를 준 허생을 모르고 지나갈 수는 없겠지? 옛날에 말이야 진짜 가난한 선비가 살았거든. 그 선비가 어느 날 장사를 해서 돈을 무지하게 벌었어. 책만 읽던 선비가 장사 수완이 끝내줬거든. 그 선비 이름이 허생이야. 이건 허생이 장사하면서 간식으로 먹던 분모자고."

승빈이는 다 알아들은 척 고개를 격하게 끄덕였다. 그러자 마마는 분모자를 슬쩍 만지더니 엽전 모양으로 만들었다.

"우아, 방금 어떻게 한 거예요?"

승빈이가 입을 쩍 벌리며 엽전 모양 분모자를 뚫어지게 쳐다봤다. 마마는 승빈이 말은 무시하고 자기 말만 했다.

"이건 소원이 좀 강해. 무조건 4단계로 먹어야 해!"

승빈이가 대답도 하기 전에 마마는 재료 그릇을 들

고 주방으로 들어갔다.

마마는 재료 그릇을 주방에 대충 던져 놓고 노래를 흥얼거렸다. 물론 소리는 내지 않고 입만 뻥긋거렸다. 혹시라도 마마 노랫소리를 듣고 놀란 승빈이가 도망갈 수도 있으니까.

'조금만 있으면 내 목소리도……. 큭큭.'

금세 끓어 모락모락 김이 나는 마라탕을 들고 마마는 승빈이 앞에 섰다. 승빈이는 4단계라는 것도 잊고 며칠 굶은 사람처럼 허겁지겁 먹었다. 급하게 먹으니까, 땀이 더 많이 흘렀다.

"자, 땀은 이걸로 닦으라고!"

마마가 손수건을 건넸다.

"너무 맛있어서 매운지도 모르겠어요."

승빈이는 내일 학교에 가서 마라탕 4단계를 먹었다고 자랑하고 싶었다. 이렇게 맛있는 마라탕이라면 5단계, 6단계도 먹을 수 있을 것 같았다.

4

승빈이는 배가 든든하다 못해 터질 것 같았다. 하지만 절대로 기분 나쁜 배부름이 아니다. 아빠랑 사우나에 다녀온 것처럼 개운했다.

마마는 정말로 마라탕을 공짜로 주었다. 승빈이는 혹시나 돈을 달라고 할까 봐 내심 걱정했는데, 전혀 그럴 필요가 없었다. 마마는 승빈이가 축축하게 적셔 놓은 손수건만 무슨 보물이라도 되는 듯 챙기며 잘 가라고 인사를 했다.

'정말 소원까지 들어줄까?'

괜한 생각에 승빈이는 고개를 절레절레 흔들었다. 부자 부모 소원이 다 이뤄지면 세상에 가난한 어린이는 한 명도 없을 거다. 누구나 부자 부모를 원할 테니까.

"어? 못 보던 차네?"

마라탕 가게에 들어갈 때는 보지 못했던 차가 떡하니 가게 앞을 막고 있었다. 한눈에 봐도 엄청 좋아 보이는 차다. 저런 차를 타면 어떤 느낌일까 궁금했다. 차 유리를 통해 안을 보려는데, 갑자기 차문이 열렸다.

깜짝 놀라서 뒤로 넘어질 뻔했다.

"도련님! 여기서 뭐하고 계세요? 옷은 또 뭐고요! 지금 회장님과 사모님이 찾고 난리 났어요."

"네? 저보고 그러는 거예요? 저는 도련님이 아니라 남승빈인데요."

"혹시 머리 다치셨어요? 도련님 이름은 이, 재, 홍이잖아요."

낯선 남자가 승빈이에게 이재홍이라고 했다. 승빈이는 사람 잘못 봤다면서 걸음을 옮겼다.

"도련님! 그만 장난치고 얼른 차에 타요. 오늘 중요한 만찬이 있다고 몇 번이나 말했어요? 여기서 이러고 있으면 안 된다고요."

낯선 남자가 승빈이를 억지로 차에 태웠다. 얼떨결

에 탄 자동차 내부가 너무 멋지고 좋아서 살려 달라고 소리 지르는 것을 잊어버렸다.

"정, 정말로 제 이름이 이재홍인가요?"

승빈이는 마마에게 빌었던 소원이 어쩌면 이뤄지고 있는지도 모른다는 생각이 들었다.

"제발 장난 그만 치시고요. 가까운 백화점부터 얼른 들러야겠어요. 어디서 이런 볼품없는 옷으로 바꿔 입었는지……. 원래 입었던 옷은 또 누구 줬어요? 쯧쯧."

승빈이는 자기 생각에 빠져서 운전기사가 혀끝을 차며 승빈이를 기분 나쁘게 쳐다보는 것을 느끼지 못했다. 승빈이는 궁금한 것투성이었다. 마법의 마라탕이라고 했지만 정말로 소원이 이뤄지리라는 생각은 못했기 때문이다.

"그럼 아저씨는 운전기사세요?"

"허허! 저 삼촌이잖아요. 갑자기 왜 이러실까? 운전도 하고 도련님 스케줄도 관리하는 도련님 비서잖아요. 여태껏 삼촌이라 불러 놓고 갑자기 왜 그러세요?"

승빈이는 빠른 판단이 필요했다. 공짜에 소원까지

이뤄 준 마라탕을 먹고 나온 승빈이는 갑자기 부자 부모를 둔 도련님, 이재홍이 되었다. 현실을 빨리 받아들여야 한다.

"삼촌, 히히. 장난이에요."

삼촌이 백미러로 뒷자리에 앉은 승빈이를 쳐다보며 눈썹을 찡그렸다.

승빈이는 삼촌과 백화점으로 들어가자마자 VIP실이라고 적힌 곳에서 옷을 갈아입었다. 삼촌이 오는 길에 전화로 주문한 옷과 신발이었다. 승빈이는 옷 하나가 사람을 이렇게 바꿔 놓을 수 있구나 싶었다. 이런 멋진 옷을 입고 종근이한테 자랑을 크게 해야 하는 건데. 그런데 이상한 게 있었다. 자신의 얼굴은 변하지 않았는데, 어떻게 자신을 보고 재홍이라고 하는지 궁금했다.

"삼촌, 저 달라진 거 없어요?"

삼촌은 승빈이를 힐끗 쳐다보더니, 고개만 절레절레 흔들었다. 전혀 이상한 점이 없다는 뜻이다. 오히려 장난 그만 치라는 말만 했다. 오늘 얼마나 중요한 자리인지도 연거푸 말했다.

'부자 아들 중에 나와 똑같이 생긴 아이가 있나 봐. 아니면 마마의 마법이 대단하거나.'

승빈이는 히죽히죽 튀어 나오는 웃음을 참으려고 입술에 힘을 줬다. 이제 승빈이에게는 돈이 없어서 찌질한 부모가 아니라 백화점 옷도 척척 사 주는 돈 많은 부모를 둔 이재홍으로 다시 태어났다.

승빈이를 태운 차는 만찬이 열리는 호텔로 향했다. 도대체 몇 층인지 목이 넘어가도록 쳐다봐도 끝이 보이지 않았다.

"도련님! 오늘 자리는 정중하게 품위를 지켜야 해요. 아셨죠?"

삼촌 목소리가 무겁게 깔렸다. 승빈이는 정신을 차리자는 생각에 주먹을 불끈 쥐었다.

5

승빈이는 차려진 음식을 보는 순간, 화려함에 침이 고였다. 그런데 승빈이가 뭐 좀 먹으려고 하면 곁에 서 있는 삼촌이 눈빛 레이저를 쏘며 제지했다.

'먹으라고 차린 음식 아니에요?'

말은 못하고 승빈이도 눈빛으로 말했지만 삼촌은 얼굴 근육 하나 움직이지 않았다. 그러고 보니 다른 사람들도 마찬가지였다. 특히 재홍이 부모라는 사람들은 아들을 봤는데도 별 반응이 없었다. 원래 감정 표현에 서툰 사람인지, 승빈이는 내심 섭섭했다.

테이블을 돌려 가면서 음식을 하나씩 접시로 옮겨 먹었다. 다들 그 많은 음식에서 한두 젓가락질을 하는 둥 마는 둥했다. 승빈이도 그렇게 품위를 지키고 싶었지만, 젓가락질을 멈출 수 없었다. 정말 다양한 맛이 느껴졌고, 입이 풍요로웠다. 계속 삼촌이 눈치를 줬고, 그럴 때마다 잠시 젓가락질을 멈췄지만 금세 음식들은 승빈이 입으로 들어가고 있었다.

재홍이 엄마, 아빠라는 사람은 승빈이를 본체만체하며 하품 날 정도로 지겨운 이야기를 주고받았다. 배도 부르고 들어도 무슨 말인지도 모를 말에 승빈이는 입도 가리지 않고 크게 하품까지 하였다. 계속 삼촌은 눈치를 줬고, 재홍이 엄마가 한번 째려보긴 했지만, 야단을 치거나 하진 않았다.

승빈이는 재홍이 집에 도착하자마자 온몸이 기분 좋은 피곤함에 감싸진 듯했다. 하지만 대문을 열고 들어서자 승빈이는 피곤을 잊었다. 이건 집이 아니고 궁전이었다. 재홍이로 살게 된 승빈이의 집은 어마어마했다. 드라마에서나 본 긴 복도에 방은 또 몇 개나 있는지. 숨바꼭질을 하면 절대로 찾지 못하게 승빈이는 숨을 수 있을 것 같았다.

"도련님! 어디 가세요?"

삼촌이 승빈이 앞을 가로막으며 물었다.

"방에 가려고 하는데, 왜요?"

승빈이는 재홍이 방이 어딘지 모른다. 그렇다고 어리바리 움직이면 의심을 살 것 같았다. 그래서 승빈이는 몰라도 아는 척, 당당하게 나서기로 했다.

"도련님 방은 저쪽이잖아요."

"맞아요, 장난 좀 쳐 봤어요. 재밌죠?"

승빈이는 웃으며 뒤돌아서려는데, 삼촌이 양팔을 아프게 잡았다. 승빈이 입에서 절로 '아!' 소리가 나왔다. 삼촌 표정이 무섭게 변했다.

"이재홍! 제발 꼴사납게 굴지 말고 품위를 지키라는 말을 몇 번을 했어. 오늘은 왜 안 들었어?"

삼촌 말투가 달라졌다. 승빈이에게만 들리는 낮은 음성이었다. 승빈이는 너무 놀라 숨이 멎는 줄 알았다. 좀 전까지 계속 굽실거리던 삼촌이 왜 그러는지 승빈이는 도무지 알 수 없었다.

"최 비서!"

엄마라는 사람이 부르는 소리가 들렸다.

"네! 사모님!"

삼촌은 승빈이에게 언제 그랬냐는 듯, 상냥하게 대답했다. 엄마라는 사람이 승빈이에게 가까이 왔다. 걸음 소리도 나지 않아서 승빈이는 마치 귀신이 다가오는 줄 알았다. 승빈이는 바짝 긴장했다. 핏기 하나 없는 얼굴이 정말로 귀신 같아 보였기 때문이다. 하마터면 귀신이냐고 물어볼 뻔했다. 심지어 얼굴에는 표정이라는 단어를 찾아볼 수 없었다.

"오늘 재홍이 테이블 매너가 엉망이었어요. 그리고 옷은 그게 뭐죠? 다른 사람들 몇 배로 많은 월급을 준 것 같은데 돈 값은 해야 도리 아닌가요?"

승빈이는 어리둥절했다. 엄마라는 사람의 눈빛은 승빈이를 향하고 있었지만 승빈이에게 하는 말이 아니었다. 삼촌에게 하는 말이었다. 말투는 차분했지만 그 속의 내용은 공격적이었다. 삼촌은 즉각적으로 알아듣고 허리를 90도로 꺾었다. 엄마라는 사람은 승빈이에게는 한마디도 하지 않고 가 버렸다. 삼촌은 허리를 계속 숙이고 있었다. 승빈이는 조금 전 자신에게 무섭게 말한 삼촌에게 엄마가 갔다는 걸 알리고 싶지 않았다. 하지만 재홍이가 살던, 이제 승빈이 방이 된 곳으로 가려면 삼촌의 도움이 필요했다. 헛기침을 하자 삼촌이 몸을 천천히 일으켰다.

"이제 방으로 들어가세요."

"엄마 말 들었죠? 월급을 많이 받았으면 그만큼 해야죠. 앞장서서 내 방으로 안내해요!"

승빈이는 엄마라는 사람한테서 금세 배웠다. 이런 게 갑질인가? 삼촌 표정이 일그러지더니 앞장섰다. 다행히 재홍이 방을 제대로 안내해 주었다.

방에 혼자 들어오고 나서야 승빈이는 참았던 숨을 터뜨렸다. 연이어 감탄사도 튀어 나왔다.

"우아, 대박! 여기가 이제 내 방이라고?"

승빈이가 살던 집을 다 합쳐도 이만큼 되지 않을 것 같았다. 달리기 연습을 해도 될 만큼 방은 엄청 넓었다. 방에 욕실도 딸려 있었고, 큼지막한 옷장과 최신 컴퓨터, 넓직한 책상과 엄청 많은 책들. 각종 게임기와 장난

감, 보드게임 등 없는 게 없었다. 심지어 방이 하나도 아니었다. 공부방이자 거실 같은 방 안쪽에는 커다란 침대가 놓여 있는 침실이 따로 있었다. 침실에는 승빈이에게는 필요 없을 것 같은 안마 의자까지 자리 잡고 있었다.

"허리 아픈 아빠가 누우면 딱이겠다."

자주 허리에 파스를 붙이며 일 나가는 아빠 생각이 났다. 진짜 엄마 아빠 생각에 승빈이는 고개를 내저었다. 이제 다 잊고 지낼 쓸데없는 생각이었다.

'쓸데없는 생각은 접어 두고 게임이나 하자.'

승빈이는 의자에 앉았다. 승빈이 몸이 의자에 폭 감싸졌다. 컴퓨터 전원을 누르자 반짝이는 불빛이 터지면서 승빈이 몸보다 더 큰 모니터 화면이 열렸다. 승빈이는 즐겨하는 게임 사이트에 들어갔다. 자동으로 이전 재홍이 아이디로 로그인되었다.

"도대체 얼마야?"

게임 금고에 코인이 엄청 많이 적립되어 있었다. 이 계정은 벌써 만렙 고수였고, 웬만한 아이템이랑 희귀템이 몽땅 들어 있었다. 승빈이는 처음으로 고수의 맛을 느끼며 게임을 신나게 했다. 그 전에 힘겹게 했던 사냥이 만렙이 되니 무척이나 쉬웠다.

'역시 부자가 좋아. 멋지다!'

승빈이는 밤새도록 신나게 게임을 하다 새벽에야 잠들었다. 그때까지 승빈이가 뭘 하는지 승빈이 방을 열어 보는 사람은 없었다.

승빈이는 매일 듣던 "승빈아, 잘 자. 사랑해." 라는 엄마의 소리가 잠깐 그리웠다.

6

늦잠을 잤다. 삼촌이 방문을 급하게 두드리고 들어오더니 재홍이라고 이름이 새겨진 교복을 부리나케 입혔다. 처음 입는 교복이라서 어색했다. 계속 연락했는데 왜 전화를 안 받냐며, 모닝콜을 여러 번 했다며 삼촌은 투덜거렸다.

"초등학생도 교복을 입다니! 히히. 중학생이 되기도 전에 입어 보네."

승빈이 조그맣게 내뱉은 혼잣말에 삼촌이 반응을 보였다. 승빈이는 아무 일도 아니라는 듯, 앞장서 걸었다.

차에 앉아 책가방을 열었다. 삼촌과 눈을 마주치지 않을 방법이자, 당당하게 부자 아들답게 굴기 위한 방법이었다.

'나는 이제부터 부자 아들, 이재홍이다.'

혹시라도 학교에서 실수할까 봐 몇 번이나 이 말을 마음으로 되새겼다.

차가 멈췄다.

"도련님! 수업 후 승마 레슨이 있는 날입니다. 잊지 않았죠? 하교 시간 맞춰서 학교 정문에 있겠습니다."

삼촌이 둘만 있는데도 말을 정중하게 했다. 승빈이 가 당당하게 나가니까 겁을 먹었나 싶었다. 그러다 승 빈이 눈에 들어오는 것이 있었다. 차 안에 설치된 블랙 박스. 실내도 찍고 있는 블랙박스였다. 그제야 승빈이는 삼촌의 행동이 이해되었다.

승빈이는 인사도 없이 내렸다. 대부분 이 학교 학생 들은 승빈이처럼 차를 타고 등교하는 것 같았다. 승빈이 는 교문을 통과해 걷다가 멈칫했다.

5학년 1반인 건 교과서에 적힌 걸 보고 알았다. 그런 데 교실이 어디에 있는지 모른다. 그렇다고 물어볼 수도 없다. 학기 시작한지가 한참인데 교실이 어디에 있는지 묻는 건 충분히 의심을 살 만한 행동이었다.

"재홍아, 안 올라가고 뭐해?"

누군가 아는 척을 했다.

"어?"

재빨리 교복에 새겨진 이름을 봤다.

"종원아, 아 안녕?"

승빈이는 손바닥을 보이며 인사했다.

"뭐야? 네가 인사도 다 하고? 늦었으니까 얼른 올라가자!"

승빈이는 종원이가 자신과 같은 반임을 알았다. 종원이보다 반걸음 정도 늦게 따라갔다.

교실 분위기는 승빈이가 다녔던 교실과 달랐다. 책상은 열 개 남짓이었지만, 교실은 두 배 이상 커 보였다. 그리고 모두 자리에 앉아 조용히 있었다.

수업 시간 동안 승빈이는 얼빠진 바보가 되었다. 미국도 아닌데, 수업이 영어로 진행되었다. 국어 시간을 빼고 모든 수업이 영어였다. 승빈이는 머리가 아프다며 일부러 보건실에 갔다. 알아듣지도 못하는데, 발표까지 시키면 큰일이니까.

'아, 어쩌지? 이럴 줄 알았으면 영어 공부 좀 할 걸.'

후회가 들었지만, 이내 그 후회도 필요 없음을 느꼈다. 아이들은 영어를 한국어보다 더 자유롭게 사용하고 있었다. 잠시 공부한다고 될 문제가 아니었다.

'너흰 한국 사람 아니니? 미국인이니?'

묻고 싶을 정도로.

수업을 다 마치고 어질한 머리를 부여잡고 교문을 나왔다. 삼촌 차가 대기하고 있었다. 승빈이는 재빨리 차에 몸을 실었다. 어서 빨리 학교를 벗어나고 싶었다.

"오늘 머리가 아프다고 연락받았습니다. 정 박사님 예약해 두었으니, 병원으로 가겠습니다."

"아, 아니요. 그 정도는 아니에요. 괜찮아졌어요. 승마 시간 늦겠어요. 얼른 가요."

승빈이는 병원에 가면 꾀병이 들통날 것 같아서 재촉했다. 말이라고는 회전목마밖에 타 보지 못한 승빈이가 승마를 잘 할 수 있을까 하는 걱정은 잠시 접어 두기로 했다.

역시 승마는 아무나 하는 게 아니었다. 겨우겨우 안장에 올라 앉기는 했지만, 금방이라도 튕겨 나갈 것만 같은 움직임에 승빈이는 구토가 나올 지경이었다. 다들 승빈이를 힐끔힐끔 쳐다보며 쑥덕거렸다.

"오늘 컨디션이 많이 안 좋은 것 같습니다. 다음에 다시 하도록 하죠."

승빈이 안색을 먼저 살핀 삼촌이 말했다. 삼촌이 살짝 고마울 뻔했다.

7

집에 도착하자마자 승빈이를 기다리고 있는 사람이 있었다. 삼촌이 예약해 두었다던 정 박사였다. 승빈이는 병원이 아닌 집에서 의사를 만나는 것이 신기했다.

승빈이는 아픈 주사 바늘을 꽂고 두 시간 정도 누워 링거를 맞아야 했다. 승빈이가 아프다고 걱정하는 사람은 정 박사뿐이었다. 아들이 아프다고 하는데, 엄마 아빠라는 사람은 코빼기도 보이지 않았다.

"삼촌, 엄마 아빠는요?"

침대에 누워 물었다.

"사모님은 골프 모임이 있으시고, 회장님은 계열사 임원과 함께 해외 사냥 약속으로 출장 중이십니다."

승빈이는 할 말이 없었다. 아들이 아픈데 엄마 아빠

라는 사람은 골프를 치고, 사냥을 한다.

예전 승빈이는 체육 시간에 공을 잘못 맞아서 얼굴이 부은 적이 있었다. 조퇴를 하고 집에 갔더니, 엄마가 식당에서 입는 앞치마 차림 그대로 달려왔다. 지방에 있던 아빠까지 저녁에 부리나케 올라왔다. 그냥 멍이 든 것뿐인데도, 엄마는 눈물까지 글썽였다. 진짜 엄마 아빠 생각에 승빈이는 눈물이 날 것 같았지만, 꾹 참았다.

정 박사가 가고 승빈이가 침대에서 몸을 일으켰다. 그때 엄마라는 사람이 방문을 열고 들어왔다.

"엄마."

승빈이는 진짜 엄마를 그리워하는 마음을 담아 가짜 엄마를 불렀다.

"최 비서! 승빈이 요즘 너무 약해진 거 아니에요? 미래 글로벌 그룹 회장이 될 몸인데, 건강 때문에 쓰러지면 되겠어요? 김 박사한테 연락해서 한약 좀 지어 먹이도록 하세요."

삼촌은 또 90도로 허리를 굽혔다. 승빈이는 엄마라는 사람이 자신의 목소리를 듣지 못했다고 생각하고 가까이 다가갔다.

"엄마, 제가 엄마한테……."

승빈이가 말을 채 꺼내기도 전에 재홍이 엄마가 말했다.

"재홍아, 내일 바이올린 레슨에 최 회장 아들이 올 거야. 에코 삼아 그룹한테 절대로 뒤지면 안 돼. 알았지? 아빠가 에코 삼아 그룹한테 지는 것 엄청 싫어하는 것 재홍이도 알지? 엄마는 재홍이만 믿어. 넌 세계 제일의 글로벌 그룹 회장이 될 거니까."

승빈이는 더 이상 말을 하지 못했다. 그냥 고개만 끄덕일 뿐.

다음 날 학교를 마치고 차에 오른 승빈이는 불편했다. 이번에는 바이올린이다. 승빈이는 바이올린을 실제로 본 적이 없다. 심지어 텔레비전에서도 겨우 한 번 연주하는 것을 본 적 있을 뿐이었다.

'잘 할 수 있을까?'

당연히 잘 할 수 없음을 알면서도 승빈이는 기적을 바랐다. 하루아침에 부자가 된 것처럼 승빈이는 마마를 부르며 기도했다.

'마마님, 제발 도와주세요. 제가 부자 아들 생활을 잘
할 수 있도록, 부자 아들로 행복하게 살 수 있도록 해 주
세요. 이왕 들어준 소원 제대로 들어줘야 하잖아요.'

차가 멈췄다. 승빈이는 이제 내려야 한다. 삼촌 손에
는 바이올린이 든 케이스가 들려져 있었다. 저걸 어떻게
해야 할지, 승빈이는 답답했다. 숨이 막히는 것 같았다.
머리가 어지럽고 토할 것 같았다.

"삼촌, 저 화장실 좀 다녀올게요."

"그럼 여기서 기다리겠습니다."

"아니요, 먼저 올라가세요. 금방 갈게요."

삼촌은 알았다며 먼저 올라갔다. 삼촌의 뒷모습이
사라지자마자 승빈이는 건물 1층 회전문을 열고 달렸
다. 자신이 예전에 살던 집을 향해서.

8

승빈이는 자신의 예전 집이 재홍이네 집과 그리 멀지 않다는 것을 알았다. 그래도 자신의 예전 집 근처에 가지 않았다. 혹시라도 예전 부모가 자신을 알아보면 마법이 풀릴까 걱정이 되어서다.

진짜 엄마가 자기를 알아보는 순간, 뿅하고 승빈이와 재홍이가 바뀌는 것을 승빈이는 원하지 않았다.

속을 알 수 없는 삼촌도, 따뜻한 말 한마디 없는 엄마라는 사람도, 얼굴조차 보기 힘든 아빠라는 사람이지만 승빈이는 바꿀 마음이 없었다. 돈 걱정 없이 부자로 살수 있으니까.

반지하라서 창문이 땅에 붙은 승빈이네 집은 조금만 몸을 숙이면 밖에서 안이 내려다보인다.

승빈이는 자신도 모르게 한 발짝 다가갔다. 엄마 아빠가 어떤 아이를 보며 웃고 있었다. 아마 쟤가 재홍일 것이다. 식탁 위에는 통닭이 있었다.

'아, 오늘이 엄마 월급날이구나.'

승빈이 엄마는 월급을 받는 날이면 트럭에서 파는 통닭을 사 가지고 왔다. 닭 속에 밥까지 들어 있어서 가성비가 좋고, 거기에 기름이 쭉 빠져 건강에도 좋다며 엄마는 통닭 자랑을 했었다. 하지만 승빈이는 그런 통닭이 싫었다.

"후라이드 치킨이 먹고 싶다고요."

몇 번을 말했지만, 엄마는 통닭보다 두 배나 비싼 후라이드 치킨은 사 주지 않았다.

오늘따라 승빈이는 그 싫던 통닭이 먹고 싶었다. 아빠가 뜯어 주는 닭다리를 받아서 아빠 닭다리와 건배하며 누가 빨리 뜯나 내기를 하고 싶었다.

승빈이는 한걸음씩 창문 가까이 다가갔다. 창문 틈으로 통닭 냄새가 났다. 승빈이를 대신한 재홍이가 엄마 아빠 앞에서 닭다리를 들고 환하게 웃고 있었다.

　『왕자와 거지』 이야기가 생각났다. 똑같이 생긴 왕자와 거지가 옷만 바꿔 입고 상대방이 되는 거였다. 거지가 된 왕자는 자유롭게 돌아다니고, 왕자가 된 거지는 맛있는 걸 실컷 먹는다.

　'누가 먼저 원래대로 바꾸자고 했지?'

　승빈이는 『왕자와 거지』 결말이 생각나지 않았다. 왕자가 된 거지가 그만하자고 했던 거 같다. 돈이 많아도 행복하지 않다고 그랬던 것 같은데······.

　누군가 승빈이 손을 거칠게 잡았다. 깜짝 놀라 뒤돌

아보니 삼촌이었다. 삼촌 얼굴은 금방이라도 터질 것처럼 검붉게 타오르고 있었다.

"여기서 도대체 뭐하고 있는 거야!"

단단히 화가 난 삼촌 손에 이끌려 차에 올랐다. 삼촌의 화난 숨소리가 차 안을 가득 채웠다.

승빈이는 나오려는 울음을 참기 위해 입술을 깨물었다. 입에서 피 맛이 느껴졌다.

통닭이 먹고 싶었다.

9

　집으로 돌아온 승빈이는 오랜만에 아빠라는 사람을 만났다. 하지만 쉽게 다가갈 수 없었다. 아빠라는 사람의 주위로 보이지 않는 벽이 세워져 있는 것만 같았다.

　"최 비서! 당신은 해고야!"

　아빠라는 사람의 섬뜩한 한마디에 승빈이는 몸이 꽁꽁 어는 것 같았다.

　"잘못했습니다. 앞으로 이런 일이 다시는 없도록 하겠습니다."

　삼촌은 바로 무릎을 꿇고 머리를 조아렸다. 승빈이는 이 상황이 도저히 이해가 되지 않았다. 도대체 뭣 때문에 그러는 건지. 설마 바이올린 수업을 제때 가지 않아서 그러는 건가 싶다가도 그런 일로 사람에게 함부로

그러면 안 된다는 생각이 들었다.

"이재홍! 넌 내일 당장 영국으로 갈 준비해. 미리 말해 둘테니 거기 에이튼 스쿨에 입학하도록 해."

승빈이를 향해 아빠라는 사람의 두 번째 음성이 들렸다. 뒤에 서 있는 엄마라는 사람은 아무 말도 하지 않았다. 승빈이가 쳐다봐도 눈길조차 주지 않았다.

"갑자기 왜 영국에 가요? 그리고 삼촌이 뭘 잘못했다고 해고해요?"

승빈이는 화가 나서 도저히 참을 수 없어서 하고 싶은 말을 쏟아 냈다. 아빠라는 사람이 주먹을 불끈 쥐었다. 승빈이는 순간 맞을까 봐 몸 속 세포까지 바짝 긴장되는 걸 느꼈다. 엄마라는 사람이 나섰다.

"재홍아, 아빠한테 얼른 죄송하다고 말씀 드려. 엄마가 오늘 그랬잖아. 아주 중요한 레슨이었다고. 어떻게 네가 최 회장님 아들과의 약속을 어길 수가 있니? 너로 인해서 아빠가 얼마나 곤란해졌는지 아니?"

엄마라는 사람의 목소리는 잔잔한 호수처럼 조곤조곤했다. 승빈이는 상황 파악이 제대로 되지 않았다. 뭘 잘못했는지, 아빠가 왜 곤란하게 되었는지 도무지 이해할 수 없었다. 하지만 자신이 영국에 가야 한다는 것만은 확실히 알 수 있었다.

영어도 제대로 못하는 승빈이가 영국에서 어떻게 살게 될지 안 봐도 뻔했다. 답답해 죽을지도 모른다. 승빈이는 잘못했다며 앞으로 잘하겠다고 말했지만 아빠라는 사람은 들은 척도 하지 않고 나가 버렸다. 이미 승빈이가 가져가야 할 캐리어가 준비되어 있었다.

승빈이는 삼촌에게 영국에 가기 싫다고 조르고 싶었지만, 그럴 수도 없었다. 자신 때문에 하루아침에 실업자가 된 삼촌이다. 승빈이 아빠도 회사에서 잘렸을 때, 엄청 힘들어했다. 당장에 돈벌이가 없어져서 어떻게 살아야 하나 막막하다며 엄마한테 하소연했었다. 물론 승빈이는 그 소리를 방에서 몰래 들었지만.

삼촌은 그대로 문을 열고 나갔다. 승빈이는 더 이상 가만있을 수 없었다. 승빈이는 캐리어 손잡이를 잡았다. 그러고는 삼촌이 나간 현관문을 그대로 열고 나왔다.

갈 곳이 없었다. 진짜 부모가 사는 집에는 자신과 바

뀐 재홍이가 있다. 재홍이를 붙들고 사정하면 들어줄까? 어쩌면 재홍이도 진짜 부모가 보고 싶지 않을까? 그러다가 승빈이는 고개를 절레절레 흔들었다. 잠깐 살아봤지만, 재홍이의 삶은 누구라도 싫을 것 같았다.

생일엔 마라탕 가게를 찾고 싶지만 그럴 수도 없다. **생일엔 마라탕** 가게는 생일에만 보이니까.

거지같다고 놀려 대던 종근이까지 그리울 정도로 승빈이는 예전으로 돌아가고 싶었다.

그렇게 돌아다니다 승빈이는 자신처럼 캐리어를 끌고 다니는 고양이를 발견했다.

"내가 이런 말 잘 안 하는데, 소시지 없냐?"

"우리 어디서 본 적 있어? 낯이 익은데?"

승빈이가 두 발로 서 있는 고양이를 위아래로 훑어보며 물었다.

"내가 워낙 여기저기 잘 다녀서 만났을 수도. 내가 한 인기 하거든. 배가 너무 고프다."

갑자기 마마가 했던 말이 떠올랐다.

"깜냥도 안 되는 고양이 한 마리가 캐리어를 끌고 다

니면서 세상 모든 문제를 해결하겠다고 나설지 몰라. 잘
못하면 마법이 풀리니 조심해."

승빈이는 편의점으로 달려갔다. 편의점에 있는 소시
지를 사서 고양이한테로 갔다.

"자, 이거 먹어!"

"뭘, 이렇게나 많이."

고양이는 소시지 한 개만 두고 나머지는 캐리어에 담았다.

"내가 남의 일에 별로 간섭 안 하는데, 그렇다고 소시지 때문은 아니야. 얼른 집에 들어가."

"집? 어떤 집? 지금 집은 진짜로 싫은데……."

승빈이가 울상을 지으며 말했다.

"으이그, 울기 전에 얼른 말해 줄게. 진짜 부모가 있는 집으로 가라고! 얼른! 난 사람 눈물은 딱 질색이야."

"정말로? 정말로 가도 돼?"

승빈이가 되물어도 고양이는 소시지를 까는데 여념이 없었다.

승빈이는 캐리어를 끌고 달렸다. 캐리어 바퀴 굴러가는 소리가 승빈이 발자국 소리를 도저히 따라 잡을 수 없을 정도로 승빈이는 집을 향해 전력질주했다.

마마의 모습은 어떻게 만들어졌을까?

생일엔마라탕
기획 회의

작가님이 생각하는 마마는 어떤 모습인가요?

마마는 남자인지 여자인지 알 수 없지만 거대한 몸집에,
옷차림은 우아한 듯 유치한 듯한 느낌을 원해요.

생일을 맞은 아이들을 억지로 축하해 주면서 뭔가
자신이 원하는 것을 뒤로 꾸미는 느낌을 주고 싶거든요.

그런 마마의 모습을 만들기 위해 그림 작가는 여러 번 캐릭터를 수정했지요.
여기 크게 수정했던 마마의 변천사를 보여 드릴게요.

첫 번째 스케치

처음에 만들어진
스케치에서는 후덕하고
인심 좋은 아줌마의
느낌이 났죠.

이 유치한 왕관이
오히려 우아하게
보이네요.

눈매도 착해 보여요.
괴팍한 마마 느낌이
안 살아요. 옷차림도
그냥 음식점에서
일하는 복장이네요.

몸집은 거대하지만
뭔가 강인한 느낌을 더
살리고 싶었어요.

이야기
둘

춤추는 무희가
직접 뽑아낸 넓적 당면

1

연아는 춤추는 것이 좋다. 하지만 엄마는 연아의 춤 실력을 미심쩍어 한다.

"요즘 춤 잘 추는 아이들이 한두 명이니? 괜히 겉멋 들지 말고 공부해."

연아가 유튜브를 틀어 놓고 춤을 따라 추면 엄마는 꼭 찬물을 끼얹는다. 하지만 춤을 추고 있으면 연아의 귀에는 엄마 잔소리가 들리지 않는다.

연아 학교에는 유명한 댄스 동아리, '오성급'이 있다. 6학년 다섯 명으로 이뤄진 오성급은 다섯 개의 반짝이는 별이라는 뜻이다. 동아리에 들기 위해서는 오디션을 봐야 했다.

학기 초, 일 년에 딱 한 번 열리는 오디션에 연아는

참가를 못했다.

할머니 칠순 기념으로 제주도 가족 여행을 갔기 때문이다. 할머니를 무지 좋아하는 연아가 할머니한테 투덜대면서 울었다.

"할머니는 왜 봄에, 하필이면 3월에 태어나셨어요?"

할머니 생일 케이크 앞에서 그렇게 말했다가 엄마, 아빠, 큰엄마, 큰아빠의 따가운 눈초리를 온전히 받아야 했다. 하지만 연아는 오성급 오디션에 참가하지 못한 속상함이 더 컸다.

그랬던 연아에게 희소식이 날아들었다.

이번에 오성급이 랜덤 플레이 댄스 배틀 대회에 참가하는데, 한 명이 연습하다가 발목을 접질려서 참가를 할 수 없다는 거였다. 이틀 후가 대회라서 오성급은 급했다. 특별한 오디션도 없이 알음알음 소문으로 교내에 있는 춤꾼들을 찾고 있었다.

희서가 연아를 찾아왔다. 희서는 오성급 리더다. 연아와는 5학년 때 같은 반이기도 했다. 연아에게도 드디어 기회가 온 거다. 할머니 칠순 기념 여행만 아니었다면 희서 자리가 연아 것일 수도 있었다.

"들었어. 한 명을 급히 찾고 있다고?"

연아는 좋은 티를 내지 않았다.

"이틀 후가 대회라서 좀 급해.
어때? 할 수 있겠어?"

희서 말투가 부탁하는 느낌이 아니라 연아는 기분이 썩 좋지 않았다. 자신이 아니면 인원도 못 채워 대회도 못 나가는 주제에 말투가 좀 건방지게 들렸다. 오성급 리더니까 그럴 수도 있겠지만.

"당연하지. 뭐 어려운 것도 아니잖아. 나만큼 추는 아이가 우리 학교에 없지 않아?"

그렇게 연아는 오성급 멤버로 댄스 대회에 나가게 되었다.

수업 후 연습을 시작하는데, 처음부터 맞춘 것처럼 잘 맞았다. 같은 반인 채원이는 연아보다 더 설레발을 치며 좋아했다. 연아를 멤버로 추천한 게 채원이었다.

"희서야, 내가 사람 하나는 제대로 봤지? 연아가 한 춤 하는 거 이제 증명됐잖아."

채원이 말에 희서가 끙 소리를 내며 고개만 끄덕였다. 그러고는 다시 한번 연습할 준비를 했다.

"자 자, 우리 마지막까지 최선을 다해 연습하자! 채원! 예은! 민서! 그리고 연아! 잘 할 수 있지?"

연아 이름 앞에 그리고를 붙이니까, 연아는 깍두기

가 된 듯해서 기분이 별로였다.

"이번 대회에서 우승하면 오성급의 정식 멤버로 넣어 줘!"

연아 말에 연습을 준비하며 자세를 잡고 있던 남은 넷이 놀란 눈으로 쳐다봤다. 희서는 눈썹까지 꿈틀거리며 깊은 생각에 빠진 듯 했다.

"그럼 단미는 어떡해?"

민서가 예은이 귀에 대고 말했다. 연아에게도 또렷이 들릴 만큼 민서 목소리가 컸다.

"좋아! 우승하면 널 정식 멤버로 받아 줄게."

희서 말에 연아는 날듯이 기뻤다. 하지만 나머지 멤버들은 어리둥절한 표정을 지었다.

2

대회장에는 춤 좀 춘다는 초등학생들은 다 모인 것 같았다. 연아는 살짝 긴장이 되었다. 그걸 눈치 챈 채원이가 다가와 연아 손을 잡아 주었다.

"대회는 처음이라 긴장 되네."

연아는 채원이에게 솔직하게 말했다. 채원이가 잡은 손에 힘을 주며 말했다.

"나는 세 번째 대회지만 그래도 여전히 떨려. 다들 비슷해. 약간 긴장한 마음이 있어야 더 잘할 수 있어. 이번에 잘 되어서 네가 오성급에 들어오면 좋겠어."

채원이에게서 진심이 느껴졌다. 연아는 고개를 주억거리며 마음속으로 실수 없이 잘 하리라 다짐했다.

대회가 시작되었다. 대회의 규칙은 무작위로 나오는

아이돌 노래에 맞춰서 10초 동안 그 노래의 안무를 춰야 한다. 팀 내 한 명이라도 잘못된 동작을 하면 탈락이다. 동작이 일치하는 것뿐 아니라 예쁘게 춰야 한다. 그렇게 마지막 곡까지 틀리는 것 없이 잘 추는 팀이 우승을 하게 된다.

칼 군무를 자랑하듯 오차 없는 랜덤 플레이 댄스 배틀 대회가 진행되었다. 정확한 판정을 위해서 드론이 공중에서 틀린 동작을 잡아냈다. 뒤에 숨어서 엉거주춤 추는 것이 용납되지 않았다.

음악이 계속될수록 연아는 춤에 완전히 매료되었다. 지금까지 연습했던 모든 노래들이 나와서 즐거웠다. 땀범벅이 되어 머리카락이 이마에 달라붙었다. 끈적거림 속에서도 연아의 흥분은 산뜻한 바람을 맞은 듯, 개운했다.

이제 오성급과 다른 한 팀만 남았다. 결승이다. 음악이 나왔다. 채원이가 나올 것 같다고 예상했던 외국 노래였다. 요즘 SNS에서 유행하는 곡이다. 연아는 외국 노래는 평소에 잘 듣지 않아서, 이틀 전 합류해서 익힌 곡이었다. 자신은 없었지만 오성급 정식 멤버가 되는 모습을 상상하며 최선을 다했다.

"삐이이익!"

드론이 요란하게 소리를 냈다.

탈락이다. 연아의 동작이 다른 멤버와 미묘하게 어긋난 것을 드론이 바로 잡아낸 것이다. 잠시 헷갈려서 정말 반 박자 정도 늦게 움직였는데, 그걸 알아챈 것이다. 연아는 이 상황이 현실로 느껴지지 않았다. 우승이 코 앞으로 다가왔는데, 한 발짝만 더 가면 오성급에 들어갈 수 있는데, 떨어지고 말았다.

숨이 차서 호흡이 거친 희서가 숨을 몰아쉬고 있는 연아에게 거침없이 다가왔다.

"너 때문에 일등을 놓쳤어. 고작 그 정도 실력으로 오성급에 들어오겠다고 한 거야? 헉헉. 휴, 넌 집에 가서 분유나 더 먹어! 별은 무슨, 넌 별똥별이야."

희서가 찬바람을 일으키며 가 버렸다. 다른 멤버들은 연아를 쳐다보지도 않았다. 채원이만 엉거주춤 눈치를 보다가 연아 손을 잡으며 말했다.

"아쉽다. 그래도 잘했어."

채원이는 위로의 말을 던진 후, 오성급을 따라 가 버렸다.

오성급이 되어 반짝이는 별이 될 줄 알았던 연아는 혼자 남았다. 혼자 별똥별이 되어 떨어졌다.

별똥별은 떨어지면서 다른 사람의 소원을 들어준다고 하지만, 떨어지는 별똥별은 빛을 잃고 죽어 간다. 연아 눈에서 눈물이 떨어졌다. 땀인지 눈물인지 헷갈리는 것을 손등으로 닦았다.

채원이가 달려오고 있었다. 연아는 한가닥 피어오르는 희망을 보았다. 비록 우승은 못 했지만, 오성급이 될지도 모른다는…….

"연아야, 생일 축하해."

채원이가 다시 와서 남긴 말은 연아를 더 비참하게 했다. 오늘은 연아 생일이었고, 대회가 끝나면 오성급 멤버들과 신나게 생일 파티를 하려고 했었다.

3

연아는 대회장을 빠져 나왔다. 엄마에게는 친구들과 생일 파티를 하기로 해서 늦을지도 모른다며 이미 말을 해 놓은 터였다. 그래서 이렇게 일찍 집으로 들어갈 수는 없다. 안 그래도 엄마가 춤에 재능이 없다며 자신을 무시하는데.

"요즘 끼 있는 아이들이 한둘이야? 그 정도 실력이면 공부하는 게 더 나아."

엄마는 연아의 능력을 한풀 꺾어서 말한다. 그런데 자기 때문에 우승을 못한 것을 안다면, 그것도 학교 동아리 오성급에도 들지 못한 것을 알면 당장에 춤을 그만두고 공부하라며 닦달할 지도 모른다.

연아는 집과 반대 방향으로 터벅터벅 걸었다.

"생일엔 마라탕?"

눈앞에 마라탕 가게가 보였다. 가게 이름이 독특했다. 생일인 사람에게 특별한 파티라도 열어 주는 가게인지 핑크색 간판과 풍선 장식이 화려했다.

마라탕을 엄청 좋아하는 연아 눈에 지금까지 띄지 않은 걸 보니, 분명 새로 생긴 마라탕 가게다. 홍보하기 위해 화려하게 꾸며 놓았나 보다. 생일인 연아에게 딱 맞는 마라탕이 될 것 같았다. 댄스 대회 때문에 하루 종일 굶었다. 얼큰하고도 알싸한 마라탕을 먹으면서 배도 채우고 속상한 마음도 날려 버리고 싶었다.

겉과 다르게 가게 안은 썰렁했다. 테이블과 의자도 한 개씩뿐이었다. 정말로 생일을 맞이한 사람에게만 특별한 마라탕을 요리해 주는 가게라는 느낌이 들었다. 재료 바로 눈을 돌렸다. 신선하고도 먹음직한 재료들이 가득 차 있었다.

주인은 화장실에 갔는지 보이지 않았다. 마라탕 가게에 익숙한 연아는 일단 재료 바 아래에서 그릇을 꺼내서 먹고 싶은 것들을 집게로 담았다.

"생일엔 역시 미역국이 아니라 마라탕이지?"

재료를 담던 연아가 놀라 뒤돌아봤다. 주인인 듯 보이는 이상하게 생긴 여자가 서 있었다. 생긴 모습보다 목소리에 연아는 놀랐다. 두꺼비 울음소리처럼 기분 나쁜 음색이었다.

"네? 네네. 저는 생일이 아니더라도 마라탕을 자주 먹어요. 마, 마라탕을 좋아하거든요."

주인 허락도 없이 먼저 재료에 손을 댄 것이 마음에 걸려서 연아는 횡설수설 말을 길게 했다.

"마라탕을 좋아하는 어린이가 생일이라니! 이렇게 좋은 인연이 있을까? 마지막 땀방울이 제대로 모아지겠어."

연아는 마라탕 가게 주인이 무슨 말을 하는지 어리둥절했다. 땀이야 조금 전까지 춤을 추면서 엄청 흘리고 왔었다. 더 나올 땀이 있을까 싶을 정도로. 연아는 얼른 재료를 담아서 마라탕을 먹고 싶었다.

"생일엔 마라탕이 최고야. 소원을 들어주는 마법의 마라탕이면 더더욱 좋고."

연아가 재료를 담는 동안 주인은 계속 중얼댔다.

"나는 마법의 마라탕 가게 주인, 마마야. 생일엔 마라탕이 공짜니 마음껏 담으렴."

"아니요. 저, 돈 있어요. 공짜로 안 주셔도 돼요."

연아는 재료가 담긴 그릇을 내밀며 말했다.

"생일에 마라탕 값을 받으면 큰일 나지. 땀방울이 변질될 수 있다니까."

아까부터 계속 땀방울 타령이다. 연아는 배가 너무 고팠다. 연아가 좋아하는 마라탕 앞에서 주인과 입씨름을 하기 싫었다.

"알겠어요. 그럼 얼른 끓여 주세요."

"그 전에 소원을 말해야지. 요즘도 별똥별을 보면서 소원을 비는 어리석은 어린이가 있다며? 흐흐. 소원은 자고로 내가 끓인 마라탕이 직방인데!"

별똥별이라는 말에 연아 얼굴이 일그러졌다. 오성급에 들지도 못한 자신이 별똥별처럼 느껴져 한없이 초라했던 터라 마마 말이 굉장히 기분 나빴다.

"소원을 말하라고요? 제 소원은 노래의 안무를 제가

똑같이 출 수 있는 거예요. 하나도 틀리지 않고 심지어 예쁘게 말이에요. 한 번도 안 들었던 노래의 안무도 출 수 있으면 좋아요. 어때요? 들어줄 수 있나요?"

연아는 으름장을 놓으며 말했다.

마마는 재료 바 한쪽에 있는 분홍색 커튼을 열고 넓적 당면을 꺼냈다.

"천이백삼십오 세 생일 기념으로 친구랑 시간 여행을 간 적이 있어. 그때 중세 왕궁에서 무희가 추는 춤에 홀딱 반해 버렸지. 당시 내가 춤에 관심이 많았거든. 그래서 무희를 쫓아가서 춤을 가르쳐 달라고 했더니 바쁘다는 거야. 그렇다고 포기하면 이 마마가 아니지. 무희를 쫓아다니며 이걸 얻어 냈어. 무희 손으로 직접 뽑아 낸 넓적 당면. 여기에는 특별한 힘이 들어 있거든."

연아는 배가 고파 죽겠는데, 마마의 말은 너무 길었다. 이렇게 말 많은 사람은 왠지 조심해야 할 것 같아서 연아는 다른 마라탕 가게를 찾아 나서려 했다. 조금만 걸어가면 연아의 단골 마라탕 가게가 나오니까.

"저, 그냥 갈게요."

"소원까지 말해 놓고 그냥 가면 후회할 텐데. 잠시만 기다려 봐. 얼른 끓여 올 테니까."

연아는 솔직히 다른 마라탕 가게에 갈 기운도 없었다. 긴장된 상태로 결승까지 춤을 추었으니 기운이 없는게 당연했다. 하나뿐인 의자에 털썩 주저앉았다. 마마는 넓적 당면을 손으로 찍어 누르더니 연아와 닮은꼴을 만들어 냈다.

"으악! 그게 뭐예요?"

놀란 연아가 자리에서 벌떡 일어났다. 연아 반응에는 관심도 없다는 듯, 마마가 마법의 재료를 그릇에 담아서 주방으로 들어가 버렸다.

연아는 안되겠다 싶어서 그냥 나가려고 했지만, 주방에서 새어 나오는 마라탕 냄새에 꼼짝할 수 없었다.

주방 안에서 마마는 노래를 흥얼거리며 티아라 왕관을 매만졌다. 어차피 마법으로 끓여지는 마라탕이라서 마마가 특별히 할 일은 없었다.

이제 곧 싸구려 왕관 대신 진짜 왕관이 마마의 머리 위에 씌워질 것이다.

연아에게 묻지도 않고 마마는 가장 매운맛으로 마라탕을 끓였다. 마지막 땀방울인 만큼 더 많이 얻고 싶었기 때문이다.

주방으로 들어간지 얼마 안 되어 금방 팔팔 끓여 나온 마라탕을 보고 연아는 깜짝 놀랐다.

코로 먼저 느꼈다. 냄새가 끝내줬다. 고소한 땅콩 냄새가 입맛을 돋우었다. 연아는 숟가락을 들고 국물을 먼저 떠먹어 보았다.

"우아, 진짜 맛있어. 내가 먹어 본 마라탕 중에서 최고야."

젓가락으로 허겁지겁 재료를 건져 먹었다. 연아를 똑 닮은 넓적 당면은 제일 마지막에 먹었다. 자신과 닮은 모습을 먹는 게 불편했지만, 다른 게 너무 맛있어서 특별한 넓적 당면의 맛도 궁금했다. 최고의 맛이었다.

"이제부터 내 마라탕 단골집은 여기야."

연아는 줄줄 흐르는 땀방울을 마마가 놓고 간 손수건으로 연신 닦아 냈다.

4

마라탕으로 배를 채웠더니, 속상했던 마음도 한풀 꺾였다. 때마침 불어 온 시원한 바람 덕분에 머릿속도 깨끗하게 정화되는 느낌이었다.

'칫, 한 번 실수한 것 가지고 나한테 어쩜 그럴 수 있어?'

오성급에 들어가고 싶은 마음이 콩알만큼 줄어들었다. 오성급이 아니더라도 연아는 충분히 춤을 출 수 있을 것 같다는 자신감이 생겼다.

가벼운 발걸음으로 집으로 걸어가는데, 시끌벅적한 음악 소리가 들렸다. 간간이 사람들의 함성 소리도 들렸다. 연아는 소리에 이끌려 발걸음을 돌렸다. 음악 소리가 점점 크게 들릴수록 연아 몸도 절로 움직였다.

유명한 전자 대리점 오픈을 축하하기 위해 주차장에서 노래 자랑이 열리고 있었다. 큰 대리점에 어울리게 주차장도 컸고, 무대도 넓고 컸다. 연아는 까치발을 들고 사람들 틈에서 무대를 쳐다봤다. 무대 위에서 노래를 부르는 사람들이 보였다.

'춤이 아니라 노래잖아.'

연아는 노래보다는 춤이 좋았다. 조금 듣다가 가려는데, 연아를 붙잡는 사회자 멘트가 들렸다.

"자, 지금부터는 누구나 참여할 수 있는 랜덤 플레이 댄스 시간입니다. 다들 해 보셨죠? 나오는 음악에 맞는 안무를 잘 추면, 1등부터 등수별로 세탁기, 텔레비전, 냉장고까지 가질 수 있는 절호의 기회입니다. 자, 첫 번째 노래 나갑니다. 하나 둘 셋!"

랜덤 플레이 댄스라는 말에 연아 속이 잠깐 쓰렸다. 아까 실수만 하지 않아도 지금쯤 연아는 오성급 아이들과 정식 멤버 축하 겸 생일 파티를 하고 있을 거다.

생각에 빠진 사이, 음악이 나왔다. 연아의 의지와는 상관없이 몸이 먼저 무대를 향해 튀어 나갔다. 한두 번

들었던 음악이지만 안무까지는 따로 연습하지 않았었는데, 연아 몸이 절로 움직였다. 마치 무언가에 조정되는 것처럼 연아 몸은 음악을 흡수해서 춤을 췄다.

"우아, 쟤 뭐야? 아이돌이야?"

"춤추는 로봇 같아. 완전 똑같아."

"와, 저거 어려운 동작인데 정말 잘 춘다!"

연아를 향한 칭찬이 연아 귀에도 들려왔다. 어리둥절할 사이도 없이 두 번째 곡이 나왔고, 연아는 또 춤을 추었다. 세 번째 곡, 네 번째 곡이 계속될수록 무대 위에서 춤을 추는 사람들도 줄어들었다. 연아를 위한 독무대였다.

연아는 춤을 추면서 알았다. 마마가 준 마라탕이 제대로 마법을 부리고 있다는 것을. 마법의 힘을 믿는 순간, 연아는 더 신나게 춤을 췄다. 굳이 머릿속에 안무를 떠올리지 않아도 먼저 움직이는 몸이 신기했다.

"우리 딸 잘한다!"

일곱 번째 곡이 끝나고 잠깐 숨을 고르는데, 엄마 목소리가 들렸다. 연아는 엄마를 향해 손을 흔들었다. 무

와, 저거
어려운 동작인데
정말 잘 춘다!

와
아
아

대 위에는 이제 연아를 비롯해 두 명의 사람들만 남았다. 연아만 초등학생이다.

여덟 번째 곡에서 한 명이 떨어졌다. 연아와 대학생 언니만 남았다.

"이제 마지막 곡입니다. 자신 있어요?"

사회자가 음악을 잠시 멈추고 연아에게 마이크를 대며 물었다.

"헉헉. 네, 네 네."

연아는 숨을 고르며 대답했다. 땀이 흐르는 얼굴을 손등으로 닦았다. 연아는 엄마를 향해 손을 흔들고 마지막 곡을 기다렸다. 어떤 곡이 나올까 설레였다. 연아는 어떤 곡이 나와도 자신 있었다.

마지막 곡은 댄스 대회 결승에서 나왔던 곡이었다. 연아가 실수했던 어려운 동작 부분이 나오자 같이 추던 대학생 언니의 동작이 흐트러졌다. 연아는 거침없었다. 연아의 승리다. 완벽하게 끝낸 연아를 향해 꽃가루가 뿌려졌다. 사람들의 환호성이 연아에게 온전히 쏟아졌다. 엄마가 시장바구니를 들고 무대 위로 뛰어올라 왔다.

"나연아! 최고! 엄마가 몰랐네. 우리 딸이 이렇게나 춤을 잘 추는지 몰랐어."

엄마가 울먹거렸다. 마치 엄마가 일등한 것처럼.

"연아 어머님 되세요? 언제부터 연아가 춤을 추기 시작했나요?"

사회자가 엄마에게 물었다. 엄마는 시장바구니를 바닥에 놓고, 눈물을 훔쳤다. 목소리까지 가다듬은 엄마가 말했다.

"우리 연아는 뱃속에 있을 때부터 남달랐어요. 태동에서 리듬이 느껴졌지요. 걸음마를 떼자마자 엉덩이를 흔들더니, 유치원 재롱 잔치 때는 혼자 무대에 올라서 춤을 췄지요. 그리고……."

"아, 타고난 신동이네요."

사회자가 엄마 말을 자르며 말했다. 엄마는 하고 싶은 말이 더 많은지 자꾸만 마이크를 빼앗으려고 했다. 연아가 엄마를 말렸다.

"우리 연아, 너무 잘했어."

엄마가 춤으로 연아를 칭찬한 건 처음이었다.

"일등 상품은 최신 드럼 세탁기 건조기 일체형입니다."

또 울려고 하는 엄마를 겨우 진정시켜서 연아는 무대에서 내려왔다.

"요즘은 재능 없는 아이들이나 공부를 하는 거래. 우리 연아는 춤으로 성공하면 돼! 홍홍. 엄마가 팍팍 밀어 줄게."

5

연아 엄마의 선포는 어마무시했다. 이후 엄마가 꾸준히 이곳 저곳에서 열리는 댄스 대회 정보를 알아내 연아에게 알려 주었다. 자칭 연아 매니저가 되어서 전국이라도 누빌 기세였다. 엄마의 장롱 속 면허가 빛을 발하는 순간이 찾아왔다.

"연아야, 이번 대회는 우승 상금이 무려 백만 원이래. 잘 할 수 있지?"

엄마는 연아 머리를 매만져 주며 물었다. 말해 무엇하리! 연아는 무조건 자신이 있었다. 자신에게는 어느 누구에게도 없는 마법이 흐르고 있으니까.

음악에 맞는 안무가 연아 몸에 그대로 흡수되었다. 한 치의 오차도 없이 연아는 완벽함을 보였다. 그 어떤 어려운 동작도, 그 어떤 어려운 리듬도 놓치는 법이 없었다. 심지어 모두들 춤선이 예쁘다고 난리였다. 연아는 어떤 댄스 대회에서든 돋보였다. 안무를 틀리지 않았고, 춤선도 예뻤으니까.

연아의 인기는 나날이 높아졌다.

학교에서도 연아의 인기는 말로 표현하기 힘들 정도였다. SNS에서 이미 유명 인사가 되었기에, 쉬는 시간마다 후배들이 연아 얼굴을 보기 위해서 찾아왔다.

수업 시간에 연아에게 쪽지가 전해졌다. 연아는 고개를 들어 쪽지의 출발지를 찾았다. 그러다 채원이와 눈이 마주쳤다. 연아는 눈을 깜빡이며 미소를 보였다.

> 연아야, 오성급에 들어와 줘.
> 오성급 멤버 모두가 원해.
> 특히 리더 희서가.

희서라는 말에 연아는 입술을 비죽였다.

'별똥별이 어쩌고저쩌고 할 때는 언제고.'

희서가 재수 없어서 들어가기 싫었다. 단번에 거절할까 고민하다 채원이와 또 눈이 마주쳤다.

희서가 분명히 채원이에게 부탁했을 거다. 채원이는 연아와 친하다는 이유로 쪽지를 썼을 텐데. 연아가 거절하면 채원이 입장이 곤란해질 게 뻔했다.

연아는 답장을 썼다.

솔직히 오성급 안 들어가도 상관 없지만,
채원이 네 얼굴을 봐서 들어갈게.

쪽지를 접어서 선생님 몰래 채원이 쪽으로 손을 내밀었다.

수업 후 오성급이 모였다. 발목을 다친 단미는 결국 오성급을 나가기로 했단다. 발목을 또 다치면 안 된다고 집에서 절대로 춤을 추지 못하게 했다고 한다.

"연아야, 널 우리 오성급 정식 멤버로 인정해 줄게."

희서가 턱을 치켜세우며 말했다. 희서의 깔보는 듯한 눈빛이 연아는 불편했다.

"나를 스카우트 하는 게 아니었어? 채원이 쪽지로는 그렇게 느꼈는데?"

연아도 지지 않고 턱을 치켜들었다. 하지만 희서보다 키가 작은 연아는 희서만큼 깔보는 눈빛을 보이긴 어려웠다. 연아의 말에 희서 표정이 똥 씹은 표정처럼 못마땅해 보였다.

"오성급에 들어가는 대신 조건이 있어."

이제 희서 표정은 내다버린 종이처럼 심하게 구겨졌다. 다른 멤버들도 궁금하다는 듯 연아 입을 쳐다봤다.

"센터는 내가 할게."

"파하."

희서 입에서 터져 나온 한숨이 연아 얼굴에 그대로 전해졌다. 숨을 참고 있었나 보다. 다른 멤버들이 희서와 연아를 번갈아 쳐다보았다.

희서는 자존심이 상해서 미칠 것 같았다. 춤 좀 춘다고 까부는 꼴이 아주 꼴사납다. 하지만 연아를 오성급에 끌어들여야 한다. 지금은 오성급보다 연아 인기가 학교뿐 아니라 이 주변에서 더 높았다. 연아는 조만간 대형 기획사에 발탁되어 연습생이 될 거라는 소문까지 돌고 있었다.

연아를 잡으려면 어쩔 수 없다.

"그래. 이제부터 네가 오성급 센터 해."

입술을 꽉 깨물고 있던 희서의 말에 다들 놀란 표정을 감출 수 없었다.

오늘 같은 날, 연아는 마라탕이 먹고 싶었다. 맛있었던 **생일엔 마라탕**에 가고 싶었다. 하지만 그 가게는 보이지 않았다.

"정말로 생일에만 보이는 마라탕 가게였던 거야?"

아쉬웠다.

"뭐얏? 생일엔 꿔바로우?"

생일엔 마라탕 짝퉁이 생겼나 보다. 외향적인 모습도 마라탕 가게와 흡사했다. 하지만 연아는 꿔바로우를 별로 좋아하지 않았다.

이 년에 한 번씩 열리는 전국 초등 아이돌 댄스 대회가 올해 열린다. 창작 안무를 선보여야 하는 대회였다.

오성급 리더인 희서는 이 대회 우승을 위해서 댄스 동아리에 들어왔다. 그리고 춤을 잘 췄던 희서가 센터를 맡았다. 센터는 사람들 눈에 가장 잘 띄는 자리이기에 춤을 가장 잘 추는 사람이 맡았다. 지금은 센터가 바뀌었지만. 희서는 이 대회에서 두각을 나타내서 아이돌 가수로 데뷔하는 게 꿈이다.

"내가 짠 안무로 대회에 나가자. 내가 센터잖아."

연아 말에 희서는 말문이 턱 막혔다. 희서는 오성급에 들어오기 전부터 구상한 춤이 있었다. 자신이 센터를 하면서 계속 오성급과 연습도 했었다.

"내가 미리 준비한 안무가 있어. 이 대회를 위해서 준비한 거야. 다른 친구들도 같이 연습했고."

희서가 지지않고 말했다.

"내가 센터잖아!"

연아는 더 이상 희서 말을 듣기 싫었다. 희서는 분명히 이번 대회를 통해서 자신을 돋보이고자 했을 거다. 초등학생 대회 중에서 가장 이름 있는 대회. 유명한 엔터테인먼트 대표들이 직접 와서 연습생을 선발하는 대회. 연아도 이 대회를 통해 눈에 띄고 싶었다. 그래서 센터 자리까지 빼앗았다. 자신이 짠 안무로 가장 돋보이고 싶었다. 그래야 팀도 우승할 수 있을 거란 자신감이 있었다.

센터 연아와 리더 희서의 좁혀지지 않는 의견 때문에 오성급 멤버들은 갈팡질팡 중심을 잡을 수 없었다.

"언제까지 이러고 있을 거야? 연습 시간이 별로 없다고."

채원이가 참다못해 한마디했다.

"둘이 짠 안무를 보여 줘! 다수결로 정하자!"

희서와 연아 둘 다 좋다고 했다. 객관적으로 평가해 달라며 연아는 자신 있어 했다.

준비한 음악에 맞춰 각자가 만든 안무를 선보이기로 했다.

희서가 먼저 하겠다고 나섰다. 연아는 어차피 자기가 이길 거라고 생각했기에 그러라고 했다. 연아는 원래 안무 짜는 것도 좋아했다. 연아가 짠 안무가 스케치북 열 권도 넘게 있었다. 연아는 다양한 분위기에 맞춰서 머릿속에서 춤을 구상했다.

'좀 추는데?'

연아의 눈에 희서의 춤 동작들이 만만치 않아 보였다. 희서 춤에는 노력의 흔적이 고스란히 묻어났다.

연아 차례가 되었다.

빠른 템포의 유명한 곡이 흘러 나왔다. 연아가 준비한 음악이다. 연아는 박자에 맞춰 빠르게 몸을 움직였다. 머릿속으로 구상했던 안무를 몸으로 표현하려는데…… 자꾸만 몸이 다르게 움직였다.

"연아야, 네가 짠 안무를 보여 줘야지."

채원이가 음악을 멈추고 말했다. 연아도 안다. 머릿속에 그려진 안무가 있는데, 몸은 자꾸만 이 노래의 원래 안무를 추고 있었다.

"미, 미안해. 내가 워낙 좋아했던 곡이라 나도 모르게. 다, 다른 곡으로 줄래?"

채원이가 알겠다며 곡을 바꿨다. 원래 연아는 곡에 맞춰 준비한 안무를 순발력 있게 바꿔 추는 건 문제가 아니었다. 그런데 또다시 바꾼 곡에 맞춰 창작한 안무를 출 수 없었다.

"연아야, 왜 그래? 장난 그만 치고 제대로 해."

채원이 목소리에 짜증이 묻어났다. 채원이는 연아가 춤을 얼마나 좋아하는지, 그리고 연아가 안무를 얼마나 멋지게 짜는지 알고 있다. 그런데 연아가 계속 원래 있던 안무만 보여 주자 짜증이 난 것이다. 연아를 쳐다보는 희서의 눈빛도 심상치 않았다.

연아 머릿속에는 다양한 동작들이 펼쳐졌지만, 막상 음악이 나오면 머릿속으로 그린 안무는 표현되지 못했다. 그 음악에 이미 만들어진 안무를 똑같이 따라할 뿐

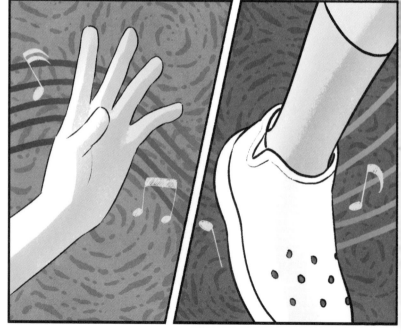

이었다.

뭔가 잘못됨을 느낀 연아는 털썩 주저앉았다.

"해보나 마나 아니야? 내 걸로 해! 창작 댄스 대회에 원래 안무로 나갈 순 없잖아."

희서가 연아를 제쳐 두고 다른 멤버들에게 말했다. 괜히 시간만 낭비했다면서 희서는 어서 연습하자며 센터 자리에 섰다. 연아가 섰던 센터 자리가 다시 희서에게 빼앗기는 순간이었다.

연아는 마마의 마라탕이 들어준 소원이 잘못되었음을 느꼈다.

같은 자리를 몇 바퀴를 돌아도 **생일엔 마라탕** 가게는 보이지 않았다. 혹시나 하는 마음에 연아 눈에 계속 걸렸던 **생일엔 뭐바로우** 가게로 들어갔다.

하나 뿐인 의자와 테이블이 **생일엔 마라탕** 가게와 비슷했다. 혹시 이 가게도 마마가 열었는지 모른다. 원래 핫한 가게가 있으면 같은 컨셉으로 다른 가게를 열곤 하니까 말이다.

"저기요? 아무도 안 계세요? 혹시 마마 님 계세요?"

연아 목소리가 메아리처럼 울렸다.

하지만 주방에서 나온 주인은 마마가 아니었다. 마마와는 완전 달랐다. 한눈에 봐도 불쌍해 보일 정도로 깡말랐다. 머리카락은 어찌나 푸석한지 마치 기름에 튀긴 것 같았다.

'마마와 너무 다른 느낌인데?'

연아는 내심 실망했다.

"그때는 왜 그냥 갔어요? 마라탕의 마법을 없애고 싶었던 거 아닌가요?"

"네? 절 아세요? 그리고 마라탕 마법은 어떻게 아세요? 혹시 마마 님을 아세요?"

"알다말다. 오래된 친구인걸."

연아는 너무 반갑고도 좋았다. 사람을 겉만 보고 판단한 자신이 부끄러웠다.

"마라탕의 마법이 잘못된 것 같아요."

그때 가게 문이 벌컥 열리는 소리가 들렸다.

"잘못되긴 뭐가 잘못되었다는 거야?"

불편하지만 잊지 못할 음색이 들렸다. 연아는 몸을 돌렸다. 마마가 연아 눈앞에 서 있었다. 연아는 마음이 급했다. 마마에게 빨리 얘길하고 싶었다.

"마법이 이상해요. 자꾸만 춤을 똑같이 따라만 춰요. 제가 추고 싶은 대로 춤을 출 수가 없어요."

"소원을 그렇게 빌었잖아. 똑같이 추고 싶다고. 난 네 소원대로 들어줬어."

마마는 짜증을 냈다. 자신은 잘못한 게 없는데, 잘못했다는 말이 거슬렸다는 듯이. 연아는 곰곰이 생각하다 말을 잇지 못했다. 마마 말처럼 연아는 소원을 그렇게 빌었다.

"어쩌죠? 이번 대회는 창작 댄스란 말이에요. 제 꿈을 이루기 위한 첫 단추가 될 거란 말이에요. 무조건 우승을 해야 한다고요."

연아는 마마를 향해 손을 모으며 사정하듯 말했다. 마마가 연아를 향해 한 발짝 다가가려고 하자 그 앞을 모모가 막았다.

"마마! 그만해!"

"모모! 너 때문에 내 아까운 땀방울이 사라졌어. 또 사라지게 할 순 없어. 내가 계속 지켜봤어. 네가 이 가게를 냈을 때부터 말이야."

연아를 사이에 두고 마마와 모모 사이에 알 수 없는 기류가 흘렀다.

"저부터 어떻게 해 주세요. 시간이 얼마 없다고요!"

연아는 마마를 만난 것이 보통 인연이 아님을 알고 매달리기로 했다. 안 되면 협박이라도 할 생각이었다. 초등학생한테 마법 어쩌고 하면서 사기를 쳤다고.

"이번 댄스 대회에서 우승하고 싶다는 거지?"

마마가 모모를 쳐다보는 눈빛을 거두고 연아에게 물었다. 연아는 두말하면 잔소리라는 듯 고개를 끄덕였다.

"그럼 내가 다시 한번 마법의 요리를 만들어 주지. 모모, 주방 좀 빌려도 되지?"

마마가 말이 끝나기가 무섭게 주방으로 들어가려고 하자 모모가 잡으며 연아를 향해 소리쳤다.

"마마가 만든 것을 먹으면 당장 우승은 할 수 있을지 몰라. 하지만 나중에 또 어떤 부작용이 생길지 알 수 없다고. 내가 만든 꿔바로우를 먹어. 그럼 마라탕을 먹기 전으로 돌아갈 수 있어."

모모 말에 마마의 눈썹이 꿈틀거렸다. 연아가 모모의 꿔바로우를 먹으면 연아에게서 얻은 땀방울이 또 어떻게 바뀔지 모른다. 한 번 당했지 두 번 당하기는 싫다.

"너, 이번 대회 우승하면 아이돌 연습생이 될 수 있다며. 그럼 네 꿈을 이룰 수 있을 텐데. 모모의 꿔바로우를 먹겠다고? 내 요리를 먹고 우승을 해. 그게 네가 원하는 거잖아."

마마가 연아를 쳐다보며 말했다. 연아는 선택해야 했다. 마마 말처럼 연아는 아이돌 연습생이 되고 싶었다. 아이돌이 될 수 있다면 부작용이 조금 있어도 이겨 낼 수 있을 것 같았다. 원래 안무에 따른 춤만 춰도 아이돌은 상관 없으니까.

"마마의 요리를 먹겠어요."

마마는 그럴 줄 알았다며 듣기 거북한 음색으로 노래를 부르며 주방으로 들어갔다. 모모의 주름진 얼굴이 더 자글자글하게 구겨졌다. 사람이 스스로 선택한 것을 모모의 마법도 거스를 수는 없으니까.

이번 대회 우승하면 아이돌 연습생이 될 수 있다며.

그럼 내 꿈을 이룰 수 있을 텐데.

모모의 꿔바로우를 먹겠다고?

마마의 요리를 먹겠어요.

마마의 마법 요리를 먹고 난 연아의 춤 실력은 월등
했다. 희서가 짠 안무에 맞춰 춤을 췄지만, 연아의 춤 실
력이 뛰어나 센터에 선 희서가 눈에 띄지 않을 정도였
다. 모두들 연아의 동작에 눈길을 고정했다. 마마가 만
들어 준 요리 덕분에 그 전 마라탕의 마법과 비교도 되
지 않을 만큼 더 멋진 춤사위를 보여 줄 수 있었다.

"초등학생이 어떻게 저런 춤을 출 수 있죠?"

심사위원으로 참석한 내로라하는 안무가들까지 연
아 춤을 보고 격찬을 아끼지 않았다. 연아는 대한민국
최고의 기획사에 연습생으로 들어갔다. 조만간 아이돌
로 데뷔하는 것은 당연한 수순이었다. 월드 스타가 될
날도 얼마 남지 않아 보였다.

연아가 연습생으로 들어간 첫 날, 연아의 춤을 보기 위해 다른 연습생들까지 모였다. 기획사 내부에서도 대형 신인이 탄생했다며 소문이 돌았고, 모두들 연아의 춤에 주목했다. 연아의 연습을 보기만 해도 춤 실력이 한층 나아질 거라며 기획사에서 모두 모여 관람하라고 지시가 내려왔다고 한다. 연아는 한껏 뽐내고 싶었다. 음악이 나오고 연아는 몸을 움직였다.

그런데 이상했다. 몸은 분명히 움직이고 있는데, 춤이라고 할 수 없었다. 마음과 달리 박자가 맞지 않았고, 몸은 뻣뻣했다. 동작이 리듬에 맞춰 나오지 않았다. 춤을 처음 쳐 본 사람도 이것보다 잘 출 것만 같은 어설픈 것투성이었다.

"뭐야? 완전 몸치잖아. 어떻게 뽑힌 거야?"

"리듬감 제로, 센스까지 제로야."

"엄청 잘 춘다더니, 헛소문이었네."

수군거리는 소리에 연아는 머리를 감싸며 주저앉았다. 이대로는 춤을 출 수 없겠다는 생각이 머릿속을 가득 채웠다.

모모가 말했던 부작용이다.

연아는 부작용이라고 해 봤자, 그 전처럼 정해진 안무밖에 못하는 부작용을 생각했었다. 하지만 이번 부작용은 다른 것이었다. 마마의 마법 요리가 더 강력해진만큼 부작용도 더 커진 것이다. 연아는 마라탕을 먹기 전보다 춤을 훨씬 못 추게 되었다. 마치 홍보용 풍선처럼 흐느적흐느적, 몸 개그를 하는 것 같았다. 아무리 노력해도, 음악에 몸을 맡기려고 해도 되지 않았다. 마마의 요리는 그저 댄스 대회에 우승하고 기획사에 들어갈 수 있게 하는 데 그쳤다.

연아는 춤 감각을 완전히 잊어 버렸다. 결국 며칠 있지도 못하고 연습생을 그만둬야 했다. 춤 실력으로 뽑힌 연습생인데 춤을 출 수 없다면 나오는 수밖에 없다.

마라탕이든 꿔바로우든 뭐든 좋으니까, 연아는 예전의 모습으로 돌아가고 싶었다. 잘못된 선택으로 꿈까지 잃게 된 연아는 **생일엔 마라탕**과 **생일엔 꿔바로우** 가게를 찾았다. 오히려 모모를 만나는 것이 더 좋다고 생각하며 동네를 돌아다녔다. 하지만 보이지 않았다.

　연아의 발은 그저 예전에 자기가 즐겨 갔던 마라탕 가게를 향하고 있었다.

　"아저씨, 여기는 소원 재료 없나요? 제발 원래의 나로 돌아가게 해 주세요."

불이 모두 꺼진 마라탕 가게 안에는 유리 진열장의 조명만 밝게 빛났다. 조명을 받은 땀방울 유리병들이 영롱한 빛을 내며 반짝인다.

무지개가 떴다.

마마는 흡족한 미소를 지으며 깊은 한숨을 쉬었다.

"드디어 다 모았어. 휴 길고도 힘든 여정이었어."

마마는 감정이 벅차올라 눈물을 닦았다.

만 년에 한 번 열리는 갓 오디션! GOD AUDITION!

우승을 하면 원하는 신의 능력을 빼앗아 올 수 있다. 마마 머릿속에 모모 얼굴이 떠올랐다. 친구로 지냈지만, 언제나 모모의 마법 실력 때문에 가려졌던 마마에게는 열등감이 마음 깊이 자리 잡고 있었다.

모모 마법을 빼앗는다면 마마는 최고의 신이 될 수 있을 거라 확신했다.

'더 이상 망가지는 널 보기 힘들어. 제발 이쯤에서 멈춰 줘!'

모모가 했던 말이 귓가에 맴돌았다. 마마는 모모의 말을 지워 버리려는 듯 머리를 거칠게 흔들었다. 그러자 머리카락 속에 박혀 있던 티아라 왕관이 떨어졌다. 피부가 쭈글쭈글해졌다.

하지만 마마는 왕관 따위는 신경 쓰지 않았다. 어제 곧 최고의 신의 능력을 갖게 될 테니까.

유리병에 담겨진 땀방울을 한데 모았다.

잘 섞일 수 있도록 흔들었다. 회오리가 치듯 일곱 빛깔

무지개가 한데 어우러졌다. 마녀의 일기에서 찾은 이 비법. 땀방울의 무지개 빛깔은 한데 어우러지자 투명하게 변했다.

마마는 투명하게 빛나는 땀방울을 유심히 쳐다봤다. 이제 마시기만 하면 된다. 그럼 마마가 원했던 목소리로 새로운 삶을 살 수 있다.

그리고 그토록 바라던 갓 오디션 우승이 눈앞에 있다.

쿨렁쿨렁!

마마는 투명하게 변한 땀방울을 한 방울도 남기지 않고 마셨다. 마지막까지 목구멍을 타고 넘어가는 땀방울이 마마의 온몸으로 퍼지는 순간, 마마는 털썩 쓰러졌다.

파지직!

땀방울을 보관했던 유리병들이 깨졌다.

땀방울을 모아 목소리를 바꾸려고 했던 마마의 마법에 문제가 생긴 것이다.

그때 모모가 뛰어 들어왔다. 모든 것을 지켜볼 수밖에 없었던 모모는 쓰러진 마마 곁으로 다가갔다.

"어설픈 마법이라도 어린이의 꿈까지 파괴하면 안 되는 거잖아."